SYSTASIS-HÉROIDE

ou

MES REGRETS,

ET ODE

SUR LA MORT DE LOUIS XVIII,

Par M. Jules-Victor FÉAU,

Notaire.

~~~~~~~~~~~~~~~~~~~~~~~~~~~~~~~

PRIX : 1 FRANC.

~~~~~~~~~~~~~~~~~~~~~~~~~~~~~~~

PARIS,

CHEZ LES MARCHANDS DE NOUVEAUTÉS.

———————

1824.

IMPRIMERIE DE HOCQUET,
Rue du Faubourg Montmartre, n. 4.

A SON ALTESSE ROYALE

MADAME LA DAUPHINE.

MADAME,

En vous dédiant la Systasis-héroïde que j'ai faite en l'honneur de Monseigneur votre illustre époux, et une Ode écrite le jour de la mort du feu Roi, notre monarque chéri, je voudrais avoir des paroles précieuses, dignes de faire agréer mon zèle à Votre Altesse Royale ; mais ce n'est qu'avec un plaisir mêlé de terreur que j'ose vous adresser mes premières productions qui, si elles peuvent avoir quelque mérite à vos yeux, ce ne sera sans doute que celui d'avoir été tracées de la même main qui prit l'épée pour votre défense.

Je sens fort bien, Madame la Dauphine, qu'en écrivant à la fille de France, il me faudrait pouvoir emprunter le style enchanteur du poète dont les accens, presque magiques, ont immortalisé les ondes de Vaucluse ; faire ressortir, sous les traits de ma plume, ces aimables qualités que la nature a prodiguées à ce Prince qui, par son caractère rempli de douceur et de dignité, et de mille vertus dont je n'ai pas osé tenter l'éloge, vous fait oublier trente ans d'infortunes, et promet à la France un demi-siècle de félicité.

En me bornant à parler de ce qui est physiquement vrai et avoué de la France entière, je pense avoir laissé un grand intervalle entre la louange et l'adulation.

Toutefois, si j'ai pu saisir la physionomie de la belle ame du vainqueur et pacificateur des Espagnes, je suis sûr que, loin de déplaire à la plus grande Princesse de l'Univers, j'aurai donné quelque extension à ses plaisirs les plus doux ; mais si, déçu dans mon espoir, je n'ai fait que d'inutiles efforts, en vous priant d'agréer la protestation la plus respectueuse de ma meilleure volonté et de mon impossibilité de mieux faire, veuillez bien croire, Madame la Dauphine, je vous en supplie, que je serai infiniment fâché de n'avoir que des regrets à joindre aux sentimens du plus profond respect avec lequel je vous prie de me permettre d'avoir l'honneur de me dire, toute ma vie,

Madame la Dauphine,

De Votre Altesse Royale,

Le très-humble et très-obéissant Serviteur.

FÉAU.

SYSTASIS-HÉROIDE

OU

MES REGRETS.

. . . . Nunc horrentia martis
Arma, virumque cano. . . .

« CHANTE ce héros sublime,
» Ce héros triomphateur,
» De qui l'ame magnanime
» N'a d'égal que son grand cœur :
» Toi dont la muse écolière
» A quinze ans sut déjà plaire
» Aux chères sœurs d'Apollon,
» Pourquoi, changeant ta carrière,
» Fuis-tu le sacré vallon ?... »

Oui, favori d'Hypocrate,
Disciple de Gallien,
Un pareil conseil me flatte ;
Mais je le suivrais en vain....
O toi qui, dans mainte thèse,
Peux triompher à ton aise
De nos modernes Newton ;
Ah ! d'un ami qu'il te plaise,
Socrate, faire un Platon !

Je suivrai, lors, ta pensée :
Tels sont mes désirs secrets ;
Mais ma lyre délaissée
Ne dira que mes regrets :
Ils m'ont arraché des larmes,
Et tu ne sais pas les charmes
Que m'offre un si beau sujet !...
Dieux ! connais mieux les alarmes
Où me livre un tel projet !...

Docteur, en moi le poète
Est victime du soldat :
Trois lustres ont vu muette
Ma muse avide d'éclat ;
Et quand je reprends ma lyre
Pour chanter avec délire,
Ses vertus et ses exploits,
En vain le héros m'inspire,
Phébus est sourd à ma voix.

Jeune, du fils de Latone
J'avais déjà la faveur,
Quand l'attrayante Bellone
Sut triompher de mon cœur ;
Mais cette ingrate déesse,
De ma plus belle jeunesse
De sang arrosant les fleurs,
Osa payer ma tendresse
Par des chagrins, des malheurs.

Pour punir cette cruelle,
J'avais juré, sans retour,
De quitter une infidelle
En faveur du Dieu du jour :
De nouveau sur le Parnasse,
Phébus m'offrait une place....
Quand Pallas accourt soudain....
« Quoi, dit-elle en sa disgrâce,
» Fuir la fille de Jupin !...

» La vois-tu, cette bannière
» De tes légitimes Rois ?...
» Reprends ton ardeur guerrière,
» Humain, écoute ma voix :
» Vois ce héros ; qu'on le serve ;
» Crois-en la sage Minerve ;
» Sois son généreux soutien,
» Combats, et je me réserve
» Qu'un jour Mars sera le tien. »

» Va, dit-elle, je l'ordonne,
» Et surtout point de retards.
» Pour ses défenseurs Bellone
» Eut toujours quelques égards....
» Mortel, si tu sais me plaire,
» Je te promets un salaire
» Bien digne de tes travaux :
» Pallas peut faire un Homère
» Pour ses Achilles nouveaux. »

Elle dit, part et s'envole
Sur les aîles du Zéphir :
Sa fière et douce parole
A su déjà me fléchir.
Plein de sa divine flamme,
Je sens se tripler mon ame,
Et mes esprits ont jailli :
A l'aspect de l'Oriflamme
Tout mon cœur a tressailli.

Dans la plaine biterraise
Déjà j'ai pris mon essor,
Et l'armée anti-française
Est jointe aux rives de l'Orb.
Arrêtée à ce rivage,
Elle mord son frein de rage ;
Ses phalanges ont pâli :
Nous séparons leur courage
Des étendards de Gilly.

Elles vont, d'un Fils de France
Près d'enchaîner le destin,
Servir l'atroce vengeance
Du meurtrier de d'Enghin.
Tel est le tigre sauvage
Qui va dans un pâturage
Dévorer un beau coursier,
Quand un retz prend au passage
Cet animal carnassier.

De même on vit les rebelles
Que précédait la terreur,
Ces cohortes infidelles
Qu'avait entraîné l'erreur ;
Par nos armes repoussées,
Restant en vain courroucées
Contre l'étendard d'Henry ;
Par la victoire forcées
Aux lois d'un Prince chéri.

Minerve enfin est propice
A notre bon Souverain :
L'immortelle protectrice
Met l'olivier dans sa main :
Chacun de nous le salue ;
Nos voix, jusques dans la nue,
Font retentir nos concerts,
Et la discorde éperdue
Disparaît, fuit dans les airs.

Elle fuit !... mais sa blessure
Vit dans le fond de son cœur....
Elle fuit !... mais elle jure
De nuire à plus d'un vainqueur !....
« Destructeur de ma puissance,
» C'est fait de mon règne en France,
» Dit-elle, en mordant son frein,
» Tremblez ; celle qu'on offense
» Saura venger son destin.

» Toi, soldat qui sus séduire
» Les meilleurs de mes sujets,
» Va ! je saurai te réduire
» A de bien cuisans regrets !...
» La France, l'Europe entière,
» Trente ans, dans ma main prospère,
» Virent mon sceptre de fer :
» J'allais posséder la terre
» Et faire trembler l'enfer. »

» Un prince, un héros s'oppose
» A mes magiques progrès,
» Et tu vas, servant sa cause,
» Aider ses vastes succès !..
» Ta punition cruelle
» Suivra de bien près ton zèle,
» Je vais en hâter le jour :
» Moins à plaindre est Philomèle
» Dans les serres du vautour. »

De la fille d'Arimane
Je méprisai la fureur ;
Mais quand sur ma tête plane
L'oiseau, ce vautour vengeur,
A peine je vois l'aurore,
Qu'un noir chagrin me dévore ;
Il me semble voir toujours,
Dans le jour qui vient d'éclore,
La fin de mes tristes jours.

Cependant que dans ma crainte
J'éprouve mille terreurs,
Je me dis, dans ma contrainte,
Où sont mes Dieux protecteurs,
Qui, dans mes jours de disgrâce,
De leur secours efficace,
Devaient prévenir mes vœux ?
Qui me devaient du Parnasse
Rendre propices les Dieux ?

Que devient cette promesse
De la fille de Jupin ,
Qui me devait du Permesse
Frayer le scabreux chemin ?
Sur la poétique chaire
M'introniser comme Homère
Au sommet de l'Hélicon ?. .
Quel est mon digne salaire ?. .
L'exil du sacré vallon !

Dieux ! sans honneur et sans gloire ,
J'ai laissé périr mon nom ,
Lorsqu'au temple de Mémoire
Je pouvais suivre Byron :
Fier enfant d'Occitanie,
A son soleil mon génie
Eut allumé ses flambeaux ,
Et mes œuvres à l'envie
Eussent creusé des tombeaux !

Maintenant, hélas ! que faire ?..
O fortune ! adversité !..
J'imiterai donc Homère
Par sa seule pauvreté ! ! !
O divin chantre d'Achile !
Si j'avais ton luth facile,
Je chanterais d'Annibal,
Du vainqueur de Paul-Emile,
Le bien plus heureux rival.

Par quelle douce harmonie
Je commencerais mes chants !
Que leur tendre mélodie
Les rendrait beaux et touchans !
Je dépeindrais ce génie
Triomphateur d'Ibérie,
Qui, par le plus noble exploit,
A sa liberté ravie,
En héros rendit un Roi !

Il est vrai, sur son armure,
Le vaincu pleure agité ;
Mais dans son plaintif murmure,
Il s'écrie : « O liberté !..
» Du moins, dans notre tristesse,
» Si du peuple de Lutèce
» Nous possédions le héros,
» Un sentiment d'allégresse
» Pourrait adoucir nos maux.

Mes œuvres, vous seriez belles,
Avec d'aussi beaux portraits !
Comme eux toujours immortelles,
Toujours vous auriez d'attraits !
Tout respirant la noblesse,
Le moindre trait de bassesse
Ne flétrissant vos appas,
Qui m'oserait au Permesse
Jamais disputer le pas ?

Je n'aurais point à décrire
L'impitoyable guerrier,
Violant en vrai satyre
La gloire sur le laurier :
Mais, plein d'ardeur et de zèle,
Le vaillant héros fidelle,
A Pallas, même en courroux,
Obtenant de l'immortelle
Tout ce qu'elle a de plus doux.

Je n'aurais point à dépeindre
Des lauriers souillés de sang !
Des peuples toujours à plaindre
Sous le joug d'un conquérant !
Point de citées désolées,
De victimes immolées !
Non, le héros d'Andujarz
N'a point fait des mausolées
Des ibériques remparts !..

Il n'a point, en Alexandre,
Livré tout au fer vengeur,
Il n'a point réduit en cendre
Les victimes de l'erreur !
Non, l'on a vu sa belle âme,
Mieux que le glaive et la flamme,
Lui rendre un peuple soumis.
Son triomphe est le dictame
Des maux de ses ennemis.

Tel fut ce Roi qu'on revère,
Le plus grand de ses ayeux :
Indulgent plus que sévère,
Vaillant comme généreux,
A Lutèce révoltée,
Mais par la ligue trompée,
Avec fierté d'une main
Montrant sa terrible épée,
Et de l'autre offrant du pain.

Ah ! pourquoi les Hellénides
N'ont-ils ce sage vaillant,
Contre d'ennemis avides,
Non moins qu'altérés de sang !..
Repoussant leur tyrannie,
Bientôt leur Emir impie,
En son orgueil impuissant,
Dans le vainqueur d'Ibérie
Verrait celui du Croissant.

Psara, ton deuil, ton veuvage,
Forceraient-ils à gémir
Ceux qui, dans leur juste rage,
Ne verront plus, sans frémir,
Dans ces hordes sanguinaires
Que les bourreaux de leurs frères ?...
Pères, mères, fils plaintifs,
A des guerriers tutélaires
Adressent des cris tardifs !...

De mon héros, ce carnage
A fait palpiter le sein....
A regret il voit l'outrage
Fait au sol Thessalien...
Cet héroïque hémisphère
Plait à son humeur guerrière,
Il voudrait, dans ses transports,
Sur leur cendre séculaire
Eclipser d'illustres morts...

« France, France, à la victoire,
» Relève un peuple abattu
» Joins, dit le Prince, à ta gloire
» La palme de la vertu;
» Et toi, déesse infernale
» Discorde aux peuples fatale
» N'enchaîne plus mes guerriers,
» Quand de la faim de Tantale
» Ils meurent près des lauriers. »

Si de généreuses larmes,
Un regret, un vain soupir,
Ont encor pour toi de charmes
Peuple tu peux tressaillir.
A l'aspect seul de la Grèce
D'une héroïque tendresse
D'Angoulême est agité
Et n'éprouve en sa tristesse
Qu'une morne volupté.

Hélas! un décrêt suprême
A trahi ses nobles vœux...
C'est le destin... oui, lui-même,
Qui dicte l'ordre des cieux;
Et la céleste puissance
Rend de son obéissance
Les peuples français garans.
La voici cette sentence:
Docteur, écoute, et m'entends...

Ce Dieu, d'une voix profonde,
S'exprime dans ces accents:
« C'est au seul maître du monde
» A juger les innocents.
» Pour ce peuple que j'éprouve
» Cesse tes vœux, je réprouve
» Ta défiante terreur;
» Ne crains pas qu'il ne retrouve
» La gloire et l'antique honneur?...

» Reste au sein de ta patrie ;
» Laisse des exploits lointains,
» Ou la France par ta vie,
» Verra flétrir ses destins.
» La rivale de la Grèce
» Seule a droit à ta tendresse
» Elle aime en toi tes ayeux :
» Surpasse par ta sagessé,
» Les Grecs et leurs demi-dieux. »

» Le soleil a ses éclipses,
» Le ciel, ses obscurités ;
« Mais toujours leurs paralipses
» Vous redonnent leurs clartés :
» Ainsi les sombres nuages
» Qui couvrent les héritages
» Des Hellènes valeureux,
» A l'aspect de leurs courages
» S'éclipseront devant eux. »

Bellone, qui de mon zèle
Connait toute la ferveur,
Daigne pour héraut fidelle
Me choisir, mon cher docteur ;
Et dans ces faveurs nouvelles
Une nymphe des plus belles,
Espérance (c'est son nom)
Doit me suivre sur les ailes
De l'imagination.

Déjà d'une âme craintive
J'ai reçu l'ordre des cieux,
Et vais porter ma missive
Au héros chéri des dieux ;
Mais en vain cette déesse ,
D'une nouvelle promesse ,
A su flatter mes esprits ;
D'un sentiment de tristesse
Mes sens se trouvent surpris !...

D'ailleurs que vais-je lui dire?
Quels discours?... oui , quels accents?
Moi que l'on n'a vu s'instruire
Qu'aux combats, qu'aux bruits des camps?
Ou dans l'aride science
De la monotone agence
Des précurseurs de Thémis?
Que vais-je être en sa présence ?
Un souci près d'un beau lys.

Ah! que n'ai-je l'éloquence
De cet illustre Thébain
Qui sut fléchir l'inclémence
D'un conquérant inhumain.
A tout ce que je désire
Bourbon joindrait un sourire ,
Douce faveur pour mes vers ;
Moi, sur mon luth , j'irais dire
Ses bontés à l'univers.

Mais si je suis inhabile
Aux chants dignes des héros ;
O vous, bergers de Virgile
Prêtez-moi vos chalumeaux :
Quittez vos vallons, vos plaines,
Pour les forêts souveraines ;
Si j'ai dit mal ses exploits,
De mes regrets, de mes peines,
Faites retentir les bois.

O de ma tendresse extrême
Chers enfans dégénérés,
Par l'éclat du diadême,
Ne serez-vous attérés ?
Ma destinée est fatale !
Mais, si d'une main royale
Je vous voyais carressés,
Des noirs chagrins que j'exhale
Quinze ans seraient effacés !

———

Ami sincère, ami tendre
Que j'aime jusqu'à l'excès,
Malgré moi j'ai su me rendre
A tes vœux trop empressés.
Oui, si sur la double cime,
Apollon m'en fait un crime,
S'il me traite sans pitié,
Je meurs volontiers victime
De Mars et de l'amitié.

———

ODE

SUR LA MORT DE LOUIS XVIII,

Arrivée le 16 Septembre 1824.

———————

Luctus renovantur acerbi.

Quels sont ces pleurs, amis? Pour qui coulent vos larmes?
Craindriez-vous pour les jours d'un Monarque chéri?
Jadis l'on ne vit pas de plus vives alarmes
     A la mort de Henry!...

Nous devons à Louis la fin de nos misères,
La paix, un sort prospère, un don plus solemnel.
Si le ciel secondait nos vœux et nos prières,
     Il serait immortel!...

Mais quelle douleur morne à vos fronts est empreinte!
Je ne vois en ces lieux que deuil, que désespoir:
L'espérance, en vos cœurs, ne suspend plus la crainte!
     N'ai-je qu'un vain espoir?...

C'en est fait! dites-vous... La parque impitoyable
N'a donc pas respecté le meilleur des bons Rois!...
Quoi! ce Prince immortel!... la mort inexorable
     L'a soumis à ses lois!...

Echo, toi qui gémis aux vallons, aux montagnes;
Echo, LOUIS EST MORT! va répéter ces mots...
Va faire frissonner l'habitant des campagnes,
    Redis-lui nos sanglots.

Des Occitaniens cours combler la tristesse,
Vole, porte chez eux le deuil, les noirs chagrins...
Qu'ils vont cesser bientôt tous leurs chants d'allégresse
    Et leurs joyeux refrains!

Qu'ils vont, dans leurs transports, en tristes élégies,
Vivement signaler les regrets de leurs cœurs!...
En prodiguant leur sang, ils offrirent leurs vies,
    Ils verseront des pleurs!...

Telle, après son hymen qui la comblait de joie,
Andromaque espérait des lustres de bonheur;
Son époux, de la parque en devenant la proie,
    La brisa de douleur.

Pyrrus, par ses ardeurs, sut lasser sa constance;
Mais elle dut long-temps gémir sur son Hector:
De même, dans son deuil, l'inconsolable France
    Pleureras on Nestor.

Peuple, qui tiens de lui le bonheur, l'abondance,
Et de ta liberté le monument heureux,
Ton cœur juste lui doit et ta reconnaissance
    Et ces pleurs précieux.

Toi, qui dois consoler notre triste veuvage,
Pardonne à mes soupirs, pardonne à mes transports.
O! ne sois pas jaloux de ce funèbre hommage,
    De cet hymne de morts!

Dix ans nous ont appris à l'aimer comme un père,
Deux lustres nous ont vu l'objet de ses amours.
Qui pourrait s'empêcher de cette plainte amère,
    Au dernier de ses jours?

Fille des Rois, pardonne aussi, lorsque effacées,
Je viens renouveler tes cruelles douleurs...
Ah! je voudrais tarir trop de larmes versées,
    Non t'arracher des pleurs!

S'ils soulagent ton cœur, pleure, fille de France!...
Pleure, vaillant héros, soutien de ses états!
A son dernier soupir, plein de reconnaissance,
    Il te tendait les bras.

Il n'est plus, il n'est plus!.. O vous dont l'ame ingrate
Osa persécuter vos Rois abandonnés,
Pleurez aussi... pleurez; quand sa clémence éclate,
    Il vous a pardonnés!

Il n'est plus! ce bon Roi; mais immortel de gloire
Par d'éternels bienfaits, par d'illustres revers,
S'il a quitté la vie, il vivra dans l'histoire
    Autant que l'Univers.

FIN.

www.ingramcontent.com/pod-product-compliance
Lightning Source LLC
Chambersburg PA
CBHW061732180626
46818CB00006B/2575